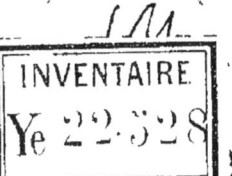

I0686554

LES

NAPOLÉONNIENNES,

TABLEAUX

HISTORIQUES ET POÉTIQUES,

Par Fleury Flouch.

A BORDEAUX,

DE L'IMPRIMERIE DE J. PELETINGEAS, RUE S.¹-REMI.

1833.

LES

NAPOLÉONIENNES,

TABLEAUX

HISTORIQUES ET POÉTIQUES,

Par Fleury Flouch.

Nil actum reputans si quid superesset agendum.
Lucain.

A BORDEAUX,

DE L'IMPRIMERIE DE J. PELETINGEAS, RUE St-REMI.

1833.

NAPOLÉONNIENNES,

TABLEAUX

HISTORIQUES ET POÉTIQUES.

———•◦•———

PREMIER TABLEAU.

———

LA RADE DE PLYMOUTH.

Enfin de l'étranger la haine t'environne,
  Il vient, au nom des rois,
Ta fortune se lasse, et tu descends du trône
  Pour la seconde fois.

Ainsi donc s'accomplit ton destin politique.
  Tu viens, dis-tu, t'asseoir,
Ainsi que Thémistocle, au foyer britannique ?
  Quel est donc ton espoir ?

Toi qui connais si bien cet ennemi perfide,
  Tu lui remets ton sort !
C'est toi-même assouvir son orgueil homicide :
  C'est l'arrêt de ta mort.

Cet ennemi cruel a juré ta ruine :
    Tu le crois généreux ,
Et du *Bellerophon ,* snr la mer qui s'incline ,
    Tu nous fais tes adieux.

Bertrand et Montholon suivent ta destinée :
    Ils ne te quittent pas.
De quelques vrais amis ta gloire accompagnée
    Se jette dans leurs bras.

Déjà , loin de Torbay, les vagues blanchissantes
    Emportent le héros.
Les rois disent , en chœur, sur les rives tremblantes :
    « C'est le jour du repos ».

Ah ! que nous reste-t-il de notre immense gloire ?
    Déjà Napoléon ,
Exilé de la France , appartient à l'histoire.
    Vivant , il n'est qu'un nom.

Si le fils adoré dont il pleure l'absence
    Pouvait suivre ses pas !
Napoléon lui-même instruirait son enfance
    Au grand art des combats.

Nous lui dirions un jour : « Héritier du grand homme
    » Que nous avons perdu ,
» Toi, qui fus au berceau, proclamé roi de Rome ,
    » Reprends ce qui t'est dû ».

Vœux impuissans ! Déjà notre gloire flottante
  Semble pâlir encor
Sous l'aigle des Germains dont la serre accablante
  Comprime ton essor.

Tandis que ton destin loin de nos yeux s'écoule ,
  Les enfans d'Albion ,
Sur le port de Plymouth , sont accourus en foule
  Pour voir Napoléon.

Ce peuple... Je disais : l'Angleterre est perfide...
  Ces cris et cette ardeur ,
A l'aspect du vaisseau qui fend la plaine humide ,
  Démentent ma terreur.

On dirait, aux transports de la foule étrangère ,
  Qu'il s'agit du retour
D'un monarque exilé qu'on pleurait comme un père.
  Quelles preuves d'amour !

Pilote , c'est pourtant à Plymouth que nous sommes ?
  Quels honneurs et quels vœux !...
C'est que partout le peuple admire les grands hommes;
  Il est juste pour eux.

Non , il n'est plus d'obstacle aux transports de la foule;
  En vain brille le fer ;
On se presse , on revient , comme un torrent qui roule ,
  On se jette à la mer.

Du grand homme, de près, on veut voir le visage :
    Ce n'est plus de l'ardeur,
C'est un emportement qui va jusqu'à la rage :
    « C'est lui, c'est l'Empereur ».

Mais du ministre anglais la prudence ombrageuse
    A prévu ces transports.
Par son ordre, on retient la foule impétueuse
    Qui redouble d'efforts.

Par le fer et le feu les sbires la repoussent :
    Les yeux épouvantés
Redemandent partout aux flots qui se courroucent,
    Des corps ensanglantés.

Et ces corps que les flots rejettent sur les rives,
    Font gémir l'amitié.
C'est un époux, un fils... Partout des voix plaintives :
    Bathurst est sans pitié.

Il faut verser du sang ; il n'en est point avare.
    Il n'entend pas les cris.
Il rêve le succès du crime qu'il prépare ;
    Il l'assure à tout prix.

Déjà de son forfait il goûte les prémices.
    D'un front calme et glacé,
Il contemple de loin, avec ses vils complices,
    Le sang qu'il a versé.

Ce sang, Napoléon sur la plage africaine,
  Doit plus tard l'expier.
C'est là que sans péril une implacable haine
  Veut le sacrifier.

L'aspect des cruautés dont frémit le rivage,
  Annonce à l'empereur
Qu'on va lui proposer la mort ou l'esclavage.
  O crime ! ô déshonneur !

Dans la rade enchaîné, le vaisseau qui le porte,
  Le sépare, à dessein,
De ce peuple nombreux que son nom seul transporte.
  Son malheur est certain.

« Pressés autour de lui, ses soldats en furie
  » Jurent de le venger ;
» On trahit l'empereur ; on attente à sa vie :
  » Périsse l'étranger !

» S'il est vainqueur... Vengeance ! Accablons le perfide ;
  » Qu'il ne triomphe pas ;
» Dans les flancs du vaisseau le salpêtre homicide
  » Renferme le trépas.

» Mourons, mais qu'avec nous ils soient réduits en poudre,
  » Et qu'il ne reste plus
» Dans le *Bellerophon*, brisé d'un coup de foudre,
  » Ni vainqueurs, ni vaincus.

» Non , non , dit l'empereur, l'espoir qui vous anime
      » Serait bientôt déçu ;
» Le hourra des Anglais poursuivrait la victime.
      » Soldats , tout est prévu.

» Ainsi , sans me venger, malgré votre courage ,
      » vous trouveriez la mort.
» Rien ne peut de ma tête écarter cet orage ,
      » Et j'attendrai mon sort.

DEUXIÈME TABLEAU.

LA FOI BRITANNIQUE.

STANCES LIBRES.

NAPOLÉON qu'attendaient tous les rois,
Attend, pour la première fois.
Mais il est calme, et la foule attentive,
Qui de Plymouth fait résonner la rive,
Dans le port le voit retenu
Comme un captif qu'on a vendu.

Vous qui voulez humilier sa gloire,
Vous ne songez pas que l'histoire
Flétrit d'un sceau réprobateur
Le souverain qui trahit le malheur.

Quoi ! l'empereur attend des ordres arbitraires !
D'un étranger perfide il va subir les lois !
Lui qui, jadis, l'épouvante des rois,
Donnait leurs trônes à ses frères !.

On lit enfin l'arrêt que les rois ont dicté :
L'empereur perd sa liberté.

Il est le seul obstacle à la paix de la terre,
Et contre le héros dont ils traînaient le char,
Il faut que l'Océan leur serve de rempart.
    Quelle honte pour l'Angleterre !
    Elle se charge du forfait !
L'orgueil des rois sera donc satisfait.

Voilà Bathurst et son décret insigne !
De tant de lâcheté Napoléon s'indigne.
Un barbare insulaire, avec impunité,
Le condamne aux tourmens de la captivité !
    « Quelle bassesse et quelle perfidie !
    » Qu'à l'instant, on prenne ma vie,
    » Si dans l'exil je dois finir mes jours ».
    Ses bourreaux sont muets et sourds.

    Il doit mourir à Sainte-Hélène,
    Triste rocher que baigne l'Océan.
    Un esquif, d'un rapide élan,
    Reçoit la victime et l'amène ;
    Il la livre au *Northumberland*.

C'est l'amiral Cockburn qui préside au voyage :
Il répond du captif entre ses mains remis ;
    Et l'empereur au-dessus de l'outrage,
    A ses côtés voit encor ses amis.

Deux frégates bientôt avec ordre s'avancent
    Vers le *Northumberland ;*

Les trois vaisseaux sur l'onde se balancent ;
Et sur le pont du vaisseau Commandant,
    Paraît un tigre , à face humaine ;
    C'est de Bathurst le digne confident ,
    C'est le ministre de sa haine.

    Sir Hudson Lowe , escorté de soldats ,
Présente à l'empereur tous les traits d'un sicaire ,
Choisi pour le garder sur la roche insulaire.
C'est un monstre féroce ; on ne le fléchit pas.

    Ce lâche instrument de vengeance ,
    Cet Hudson que choisit une injuste puissance
Pour surveiller les pas de l'empereur ;
    C'est un geôlier, un sbire infâme ,
    Sur les pontons , connu par sa rigueur ;
C'est là qu'il déployait sa brutale fureur
    Et la bassesse de son âme.
Et pourtant voilà l'homme , indigne de ce nom ,
    A qui Bathurst livre Napoléon !

Lis ton arrêt, Bathurst !.. S'il faut qu'à Sainte-Hélène
    L'empereur, par sa mort, assouvisse ta haine ,
    L'histoire , un jour, doit te dire avec nous :
    Cet océan qui s'élève en courroux ,
Contre l'affreux rocher qui sert d'autel au crime,
Les attentats d'Hudson , la voix de la victime ,
    Le cri du peuple et la postérité,
Condamnent ta mémoire à l'immortalité.

TROISIÈME TABLEAU.

LE DÉPART POUR SAINTE-HÉLÈNE.

L'EXILÉ se résigne au sort qu'on lui prépare ;
Et ses regards semblent dire à Bertrand :
« Malgré Bathurst et sa haine barbare ,
» L'empereur sera toujours grand ».

Son front majestueux empreint d'une pensée
Que l'avenir pourra seul mettre au jour,
S'est incliné sur la mer courroucée.
O fortune ! ô cruel retour !

Mais le *Northumberland* qui possède sa proie !
Impatient de s'éloigner du port ,
Avec les flots semble hurler de joie.
Présage de haine et de mort.

Déjà la voile s'enfle , on voit fuir le rivage ,
Et sur les eaux traçant un long sillon ,
Le vaisseau marche , entamant le voyage ,
A l'abri de son pavillon.

Bientôt l'œil ne voit plus que l'immense théâtre
De l'Océan couronné par les cieux.

Napoléon sur la plaine bleuâtre
Promène un regard douloureux.

Le murmure des flots répond à ses pensées.
C'est à l'aspect de ce tableau mouvant
Qu'il réfléchit sur ses grandeurs passées :
Il est frappé de leur néant.

A ces flots écumans d'autres vagues succèdent ;
Ainsi tout passe, et l'homme et sa grandeur :
Mais les vertus que les héros possèdent,
Bravent le temps et le malheur.

Le héros de Wagram, sans sceptre et sans patrie,
Dans son exil va surprendre les rois ;
Il portera le fardeau de la vie,
Banni pour la seconde fois.

Il paraît digne encor de sa grandeur première :
Il dit lui-même en ce cruel moment :
« L'adversité manquait à ma carrière ».
Rois, direz-vous qu'il se démeut?

QUATRIÈME TABLEAU.

UN MOMENT D'ENTHOUSIASME.

LE vainqueur d'Iéna, salué par les ondes,
Marche avec l'Océan qu'il semble conquérir.
Son génie inspiré traverse les deux mondes ;
    Il interroge l'avenir,

Il voit la Liberté, du sein de l'Amérique,
S'élancer vers l'Europe, en lui tendant les bras.
Ce colosse, ennemi du pouvoir despotique,
    Semble grandir à chaque pas.

Il le voit réveiller les nations sauvages,
Des yeux de l'ignorance arracher le bandeau,
Et du nord au midi, comme sur deux rivages,
    Porter l'éclair de son flambeau.

Sous les pieds du géant les rochers s'aplanissent,
Il marche sur les mers, du pôle à l'équateur.
Il crie aux nations : « Mes décrets s'accomplissent ;
    » Voilà votre libérateur ».

Quand le globe de feu qui ranime le monde,
Comme un front couronné, se montre à l'Orient,

L'étoile qui brillait dans une nuit profonde ,
    S'éclipse à l'œil , en pâlissant.

Ainsi la Liberté majestueuse et fière ,
Délivrant de leurs fers les peuples étonnés ,
Lance de toutes parts des torrens de lumière.
    Tous les tyrans sont détrônés.

Et l'empereur se dit , sûr de sa propre estime :
Le peuple était heureux , quand César était roi.
Ah ! s'il pouvait revoir ce peuple magnanime
    Qui ne sait point trahir sa foi.

Il marche , il va , revient , croise les bras , se place
A la poupe, à la proue et se déplace encor ,
Comme un aigle arrêté dans un étroit espace
    Et qui voudrait prendre l'essor.

Il parle et tout se tait : on l'écoute , on l'admire .
La mer est attentive à la voix du héros ;
Sur son vaste miroir promenant un sourire ,
    Le vent se joue avec les flots.

C'est lui , c'est le guerrier qui fit trembler le monde.
Il parle , autour de lui tout s'émeut , tout se tait.
Napoléon banni semble imposer à l'onde
    Les lois que la terre encensait.

Au son de cette voix qui frappe , qui maîtrise ,

Et qui lance partout des rayons enflammés,
L'amiral sur les siens promène avec surprise,
    Des yeux de colère animés.

Mais le pilote anglais ne peut le reconnaître :
Subjugué par la voix qui fait vibrer son cœur,
Il semble, en ce moment, avoir changé de maître.
    Son amiral, c'est l'empereur.

Il retrace à leurs yeux ces campagnes brillantes
Où la France a cueilli des moissons de lauriers.
Elle a vu tour à tour les nations tremblantes
    Céder la palme à ses guerriers.

L'empereur voit encor le ciel de l'Italie.
Il franchit l'Apennin comme un autre Annibal ;
Et le drapeau français porté dans l'Hespérie
    A l'Autriche devient fatal.

Ici le Saint-Bernard, géant chargé de glace,
Porte à regret le poids de nos fiers bataillons ;
Et l'on voit sur sa tête où la neige s'entasse,
    Une auréole de canons.

Alors, comme l'Etna, dont la gueule entr'ouverte
Du Phare de Messine embrâse le ciel bleu,
Sur les rangs ennemis dont la plaine est couverte
    Le Saint-Bernard vomit du feu (1).

---

(1) On suppose que l'artillerie foudroyait la plaine, des hauteurs du Saint-Bernard.

L'audace et la valeur ont forcé les obstacles.
Les ennemis vaincus loin de la plaine ont fui.
Le nom de Bonaparte enfante des miracles.
        La fortune combat pour lui.

Combien d'autres exploits, orgueil de la patrie,
Semblent nous ramener à ces temps fabuleux
Où l'Hercule adoré dans la mythologie
        Soutint le lourd fardeau des cieux.

Cependant le vaisseau vers la rive étrangère
Entraîne le captif sur les flots rugissans.
Le soleil du tropique enflamme l'atmosphère.
        Voilà l'exil et ses tourmens.

L'œil s'arrête bientôt sur des rochers sauvages,
Entourés de récifs, où se heurtent les flots :
Leur front blanchâtre et nu se perd dans les nuages :
        « C'est là », disent les matelots.

C'est donc là que l'attend le vautour britannique !...
Mais déjà sous ses pieds il foule un sol brûlé...
Un esquif l'a jeté sur les bords de l'Afrique...
        France ! une larme à l'exilé.

2

CINQUIÈME TABLEAU.

L'ARRIVÉE DE NAPOLÉON A SAINTE-HÉLÈNE.

De ces rocs escarpés la gigantesque audace
Qui semble défier la puissance des cieux ;
    Cet Océan qui les embrasse,
D'un spectacle sauvage épouvantent les yeux.

Debout, ils ont compté tous les âges du monde,
Ils résistent, sans peine, aux siècles entassés,
    Il en sort une voix profonde
Qui fait converser l'homme avec les temps passés.

Plus d'un gouffre entr'ouvert, où le regard s'élance,
Fait rouler la pensée au fond du noir détour
    Qui prolonge la chute immense
De leurs flancs dérobés à la clarté du jour.

On dirait que d'un temple érigeant les colonnes,
Le temps a respecté son ouvrage imparfait.
    Ces rochers, comme autant de trônes,
Élèvent sur les flots leur orgueil satisfait.

La gloire, enfant du bruit, meurt dans la solitude ;
Avec elle s'éteint l'astre de l'empereur ;

L'exil lui porte un coup plus rude,
A l'aspect du tableau qui lui peint son malheur.

Semblable à ce pilote échappé du naufrage,
Qui dans l'île déserte où les flots l'ont jeté,
Voit bondir un monstre sauvage
Qui s'élance et qui hurle avec férocité.

C'est donc là Sainte-Hélène !... Ile inhospitalière,
Qui de l'homme-prodige enferme la grandeur !
L'Océan, comme une barrière,
Entre le monde et lui se jette avec fureur.

Hudson le suit de loin : ce sbire impitoyable
Calcule, de sang froid, ses crimes à venir.
Le héros d'un coup-d'œil l'accable,
Hudson craint ce regard qu'il ne peut soutenir.

L'empereur voit encor ses amis sur ses traces,
Il leur parle, et bientôt de son cœur soulagé
Tombe le poids de ses disgrâces.
L'exil est moins affreux quand il est partagé.

(1) Que vois-je !... Des jardins sur ces arides plages !...
C'est une source pure au milieu des déserts.
C'est là qu'à l'abri des orages
Il pourra vivre en paix avec tout l'univers.

_____

(1) Plantation-House.

Non, non, cette demeure est un lieu de délices
Où l'espoir éclaircit l'horizon du malheur.
      C'est au milieu des précipices
Que le féroce anglais veut garder l'empereur.

C'est là que le vautour lui rongera le foie;
Sur cette roche affreuse, au milieu de la mer,
      Il peut dans le sein de sa proie,
Et le jour et la nuit, plonger son bec de fer.

Au bout de l'horizon, sur les rochers s'étendent
Les énormes contours d'un plateau sourcilleux,
      D'où les regards au loin descendent
Sur le vaste Océan qui fait la guerre aux cieux.

C'est là, c'est à Longwood qu'une maison chétive,
Triste et sombre réduit qui lasse les regards,
      Dispute à l'orgueil de la rive
Celui qui fit pâlir la pourpre des Césars.

Il monte, et de plus près il a vu la chaumière
Où doit s'ensevelir le reste de ses jours :
      C'est là que finit sa carrière
Et que l'oubli succède à la pompe des cours.

Et déjà projetant ses vastes masses d'ombre,
Sur les flancs sinueux de ces rocs embrumés,
      La nuit, comme un fantôme sombre,
Traîne ses vêtemens d'étoiles parsemés

Des ténèbres bientôt règne l'horreur profonde.
Silence ! Il a parlé, j'ai reconnu sa voix :
   « Ouvrez, c'est l'arbitre du monde :
» Son sceptre s'est brisé sur la tête des rois ».

Eh ! qu'importe un palais ou l'enceinte du chaume !
On l'a vu tant de fois sous un arc triomphal !
   C'est toujours lui, c'est le grand homme.
Est-il un conquérant qui marche son égal ?

Du haut de ce rocher, sa voix, comme un tonnerre
Fera trembler encor les rois qu'il a vaincus ;
   Et son nom remplira la terre,
Plus grand, plus redouté que ces rois absolus.

Si le passé, pour lui, fut prodigue en miracles,
L'exil doit ajouter à l'éclat de son nom.
   César ici rend des oracles.
Cette île est le trépied de Jupiter-Ammon.

Et le monde, à sa voix, déjà se régénère :
L'Europe avec surprise écoute ses leçons.
   Du haut de ce trône insulaire,
Le soleil d'Austerlitz a dardé ses rayons.

L'aigle, des rois jaloux bravant la politique,
Sous l'arc-en-ciel français, plane encor dans les airs ;
   L'orgueil du miroir atlantique
Réfléchit les couleurs qu'adopte l'univers.

Ièna, Friedland, Ulm, Austerlitz, Arcole !
Titres de nos soldats à l'immortalité !
   Voyez notre aigle qui s'envole
Et qui porte vos noms à la postérité.

SIXIÈME TABLEAU.

LE CLIMAT DE SAINTE-HÉLÈNE.

QUEL pénible sommeil ! Quelle nuit agitée !...
Qu'un jour lui paraît long sur la terre d'exil !
  Ah ! que son âme est tourmentée !
Un regret le transporte aux rivages du Nil.

« Il fallait dans l'Egypte enchaîner ma fortune :
» A mes pieds, aujourd'hui, je verrais l'Orient ».
  Ce souvenir qui l'importune,
Lui montre de plus près la splendeur du Croissant

Quel repaire a choisi le vautour britannique !
Contre lui vainement le captif se débat.
  Le soleil brûlant du tropique
Avance, à pas pressés, le jour de l'attentat.

Au vent glacé du nord succède un vent humide :
De l'aurore au couchant vole un air infecté.
  Bientôt c'est la zône torride
Épuisant sur le sol tous les feux de l'été.

Soudain l'urne des cieux dans les airs se renverse.

Et l'onde s'en échappe , à flots retentissans.
      L'orage avec fureur disperse
Les arbustes brisés qu'entraînent les torrens.

Et l'Océan qui gronde , entasse des montagnes ,
Comme pour embrasser de ses vastes regards
      Tout le désastre des campagnes ;
Et les couvre , en tombant , d'un voile de brouillards.

Des cinq zônes parfois les élémens s'unissent :
Le chaud , le froid , l'humide ensemble confondus ,
      Dans tous les sens qu'ils affaiblissent ,
Éveillent des tourmens jusqu'alors inconnus.

Exilé sous le ciel qui brûle Sainte-Hélène ,
L'européen descend , avant l'âge , au tombeau.
      Il sait que sa mort est prochaine ,
Quand le neuvième lustre éclaire son berceau.

Bientôt de ce climat l'influence mortelle
Avertit l'empereur de sa destruction.
      Il frissonne , son pied chancelle ,
Et , la mort dans le sein , il accuse Albion.

« Castlereagh l'a prévu : complice de sa rage ,
» Ce climat qui dévore est plus sûr que le fer ,
      » C'est un projet d'anthropophage :
» En instrument de meurtre ils ont transformé l'air » !

SEPTIÈME TABLEAU.

L'HOSPITALITÉ BRITANNIQUE.

LA mer frémit, à regret prisonnière,
Et le grand homme a quitté sa chaumière.
Il se promène, à pas précipités.
Dans ses regards se peint l'inquiétude,
Il ne dort plus dans cette solitude ;
    Sa gloire pleure à ses côtés.

Il semble encor que la France l'appelle :
Il se retourne et s'attendrit sur elle.
Au premier rang, parmi les nations,
Il élevait cette France chérie,
Qu'il arracha des mains de l'anarchie,
    Sur les débris des factions.

Reverra-t-il cette terre des braves
Où l'étranger ne trouve point d'esclaves ?
Non, pour jamais il en est séparé.
Il le voit trop, une injuste puissance
Jusqu'au délire a poussé la vengeance :
    A ses bourreaux il s'est livré.

On le poursuit, on le gêne, on l'épie,

Et d'amertume on abreuve sa vie.
Jamais exil ne fut plus douloureux.
Qu'on lui destine un présent, une lettre,
Le gouverneur ne les lui fait remettre
    Qu'après avoir vu de ses yeux.

Eh! c'est donc là cet anglais magnanime
Pour qui son cœur témoignait tant d'estime!
Cet ennemi qu'il croyait généreux,
A qui, sans crainte, il s'est livré lui-même,
Des rois jaloux accomplit l'anathème;
    L'anglais trahit les malheureux.

Et l'empereur qu'entoure le silence,
Tourne les yeux du côté de la France.
« Loin de mon fils, sur le sol africain,
» Ils m'ont frappé d'une atteinte homicide.
» O Castlereagh! un jour ta main perfide
    » Se tournera contre ton sein ».

Il dit : l'accès d'une muette rage
Couvre son front d'un plus sombre nuage.
Mais il se tait, car son cœur en dit trop.
Sur son coursier chéri de la victoire,
Qui de Schœnbrunn lui retrace la gloire,
    Il monte et s'éloigne au galop.

Mais on a vu qu'il prolongeait ses courses.
Hudson (le lâche est fécond en ressources),
Pour l'insulter, redouble alors de soin.

Ce cri s'entend : « Général Bonaparte,
» Le gouverneur ne veut pas qu'on s'écarte,
   » Et vous allez toujours trop loin ».

Napoléon, qu'indigne tant d'audace,
A son geôlier présente un front de glace ;
Trop au-dessus d'un sbire soudoyé,
Il ne veut pas se plaindre de l'offense,
A son manoir il retourne en silence :
   Son mépris l'a justifié.

Grâce aux Anglais dont la haine barbare
De l'univers aujourd'hui le sépare,
Pour le vainqueur dont l'arc-en-ciel a lui,
Des tours du Caire aux murs de Parthénope,
Qui se trouvait trop gêné dans l'Europe,
   Une île est trop grande aujourd'hui !

Il est rentré dans la sombre demeure
Où son geôlier peut le voir à toute heure ;
Aussi bientôt le voit-il sur ses pas.
Il s'arme enfin contre sa barbarie :
« Vous n'entrerez qu'en m'arrachant la vie ».
   Et le sicaire n'entre pas.

Il ne voit plus ce tigre impitoyable,
Et cependant le monstre encor l'accable.
Napoléon, pour éviter ses yeux,
S'est enfermé dans son étroit asile ;
Mais il y meurt... Hudson paraît tranquille,
   Il l'assassine ; il est heureux.

Et le captif, comme à regret sommeille.
Mais quel bruit sourd a frappé son oreille ?...
« Ai-je bien vu ?... Las-Case, Emmanuel,
» Ainsi traînés par un affreux cortége !...
» L'honneur ici n'a point de privilége ;
 » Tout homme juste est criminel.

» Je les ai vus chercher avec furie,
» O'Méara qui prolongeait ma vie ;
» Il apaisait l'excès de mes douleurs :
» C'était un titre à leur haine implacable.
» Il suffisait, pour devenir coupable,
 » Qu'il eût partagé mes malheurs.

» Arrachez-moi les amis qui me restent,
» Ces vrais amis, que des sbires détestent,
» Et secondez l'inclémence de l'air ;
» Cet air me tue ; et vous, dans ma blessure
» Peu satisfaits des tourmens que j'endure,
 » Barbares, vous brisez le fer » !

Soyez contens, monarques de la terre,
Rendez hommage aux soins de l'Angleterre ;
Elle a rempli son généreux traité.
En abdiquant le pouvoir monarchique,
Sur les foyers du peuple britannique
 Il trouve l'hospitalité.

HUITIÈME TABLEAU.

UNE NUIT D'INSOMNIE.

Oh ! que la nuit enferme de regrets ,
Quand l'insomnie au front pâle et farouche ,
De l'exilé vient partager la couche !
 Que la douleur a de secrets !

Des rois jaloux contemplez la victime ;
Quel vaste deuil préside à son réveil !
Le bras d'airain qui l'arrache au sommeil ,
 Du désespoir ouvre l'abyme.

Ce spectre affreux qui veille auprès de lui ,
Et qui grandit encor dans le silence ,
Lui dit tout bas : Les jours de ta puissance
 Pour toi, comme un éclair ont fui.

Quand tu disais devant les Pyramides ,
A tes soldats de lauriers couronnés :
« Vous réveillez par vos exploits rapides,
 » Quarante siècles étonnés ».

Quand tu voyais ta gloire à son aurore ,
Du Sahara franchissant le désert ,

Pour déployer le drapeau tricolore
  Sur un trône à tes vœux offert !

Lorsque le Nil jaloux de ta conquête,
Te poursuivait en étendant les bras ;
Que de ses flots il menaçait ta tête,
  Pour t'engloutir dans ses états.

Lorsqu'à ta voix, tombait son trône antique,
Et qu'il voyait ses palmes ombrager
Ton front bruni par le ciel de l'Afrique ;
  Quand Dieu semblait te protéger.

Ah ! dans ton cœur qui battait pour la France,
Aux bords du Nil pleins de ta majesté,
Qu'avec plaisir tu savourais d'avance
  L'encens de la postérité !

Tes yeux suivaient ton aigle dans la nue.
Dans les tombeaux foulés par tes soldats,
Des Pharaons la cendre s'est émue :
  Leur voix disait : tu régneras.

Tu te souviens de cette prophétie
Qui des grandeurs te montrait le chemin ?...
Un Dieu peut-être aux hommes de génie
  Aime à prédire leur destin.

L'esprit frappé de ta grandeur prochaine

Tu poursuivais ta conquête en courant ;
Le monde entier devenait ton domaine ,
   Et ta gloire était un torrent.

Contemple en toi l'homme des destinées ;
Sur le passé promène ton regard :
Que de faveurs l'une à l'autre enchaînées !
   Tu maîtrisais jusqu'au hasard.

Tu succombas , malgré tant de puissance :
Bientôt d'un homme on aurait fait un Dieu.
L'aigle tomba du trône de la France:
   La fortune te dit adieu.

Et cependant (ô gloire sans égale) !
Tu remontas sur le trône en héros.
Grenoble ouvrit ta marche triomphale.
   Tu dis aux rois : plus de repos.

Quelle nouvelle , aussitôt confirmée !
« Napoléon s'avance vers Paris.
» L'aigle revient avec la grande armée ».
   Les rois ouvraient des yeux surpris.

Tu ressaisis les destins de la terre ,
Et dans Paris on attendait tes lois ;
Tu reparus : un éclat de tonnerre
   Ébranla le palais des rois.

« Il a franchi la Méditerranée,
» L'aigle dans l'air agite son chapeau,
» Et laisse voir sa tête couronnée.
 » Incline-toi Fontainebleau !

» Il faut tenter le destin des batailles.
» Forçons les rois à signer un traité ;
» De leurs cités renversons les murailles,
 » Et l'aigle est réhabilité.

» Si de Moscou la cendre fume encore,
» Si contre nous le nord s'y déchaîna,
» Pour le Français que son cher aigle implore,
 » Il n'est plus de Bérésina.

» Qu'une victoire efface la défaite
» De ces guerriers engloutis par le Nord ;
» Pour l'étranger surtout point de retraite,
 » Et qu'en France il trouve la mort.

» Soldats français, dont les ombres plaintives
» Errent encor sous les tours du Kremlin ;
» Demain les rois se montrent sur nos rives,
 » Et vous serez vengés demain ».

Ces cris de guerre ont frappé ton oreille,
Et de héros tu te vois entouré.
Rois alliés, le lion se réveille ;
 La gloire encore l'a sacré.

Un cri fend l'air : c'est le cri d'une armée
Dont ta présence anime encor l'ardeur ;
La France alors dit à la Renommée :
  Ils ont retrouvé l'empereur.

Ces cris d'amour embràsent ton génie
Du feu sacré qui brûle au Panthéon.
Des alliés tu braves la furie,
  Tout fléchit sous Napoléon.

Théàtre affreux de deuil et de carnage !
O Mont-Saint-Jean ! écueil de nos héros !
Je vois encor ta déplorable image,
  Tu buvais le sang, à grands flots.

Vieux grenadiers, élite de nos braves,
Au pas de charge, affrontant le canon,
Vous succombez, surpris par des esclaves !
  Qui vous vainquit ? La trahison.

Redites-nous, ô champs de la Belgique !
Redites-nous la gloire de leur mort !
Redites-nous de quel front héroïque,
  Ils couraient au devant du sort.

L'aigle préside à leur mort triomphale ;
En vain l'Anglais veut arrêter leurs pas ;
Que lui répond la garde impériale ?
  Elle meurt et ne se rend pas.

3

A cet aspect , on dit que la patrie
Couvrit son front d'un voile ensanglanté ,
Pour ne pas voir tant de gloire trahie ,
    Et pour pleurer en liberté.

O Waterloo ! témoin de l'héroïsme
Qu'ils déployaient dans leur sort abattu !
Était-ce en eux délire ou fanatisme ?
    La France a dit : c'était vertu.

Dans ce lointain , quel nuage s'élève !
Il gronde , il s'ouvre... Un rayon lumineux
Montre une main qui te présente un glaive.
    L'aigle triomphe dans les cieux.

L'Europe encor, sur la France nouvelle
Se précipite avec tous ses soldats.
Reconnais-tu cette plaine immortelle ,
    Témoin d'un si noble trépas ?

Quels feux nouveaux à l'horizon paraissent !
A la lueur de ces astres de sang ,
De tes soldats les ossemens se dressent ,
    Et chaque homme a repris son rang.

N'entends-tu pas , au cri qui les ramène ,
S'entrechoquer leurs spectres en fureur ?
Ils ont revu l'étranger dans la plaine ,
    Ils demandent leur empereur.

Le spectre alors , d'un air de confidence ,
A l'empereur présentant le miroir
Où se lisaient les malheurs de la France ,
Lui dit : je viendrai te revoir.

NEUVIÈME TABLEAU.

LA FÊTE DE NAPOLÉON A SAINTE-HÉLÈNE.

Il se réveille... O songe d'un grand homme !
Il couronnait le jeune roi de Rome.
Sa vaste gloire, ainsi qu'un océan
Où s'éclipsait l'orgueil des autres gloires,
Engloutissait, au bruit de ses victoires,
    Tous les foudres du Vatican.

On répétait, au fracas du tonnerre :
« Dieu dans le ciel, l'empereur sur la terre » !
L'aigle suivi de son fier nourrisson,
Aux bords du Tybre, apportait la nouvelle,
Il annonçait à la ville éternelle
    L'héritier de Napoléon.

« C'était un songe !... Illusion trop chère !...
» On me ravit et le fils et la mère !
» Jours de bonheur annoncés à mon fils,
» Vous avez fui comme un léger fantôme !
» Dans son berceau j'ai vu le roi de Rome
    » Sourire au soleil d'Austerlitz ».

Tel qu'on l'a vu, la veille des batailles,
Asseoir un camp, ou cerner des murailles,
Les bras croisés, le front pâle et pensif,
Il a paru sur le rocher funeste,
Où de sa vie empoisonnant le reste,
   Albion le retient captif.

Déjà le temps qu'aucun pouvoir n'arrête
A ramené le beau jour de sa fête.
Vous vous taisez, soldats ! A pareil jour,
De quel encens fumait la capitale !
Sous les drapeaux de l'aigle impériale,
   Quels chants de victoire et d'amour!

Son œil parcourt cet intervalle immense
Qui le dérobe aux regards de la France.
Vous partagez les chagrins de son cœur :
Il le sait bien... Son œil mesure encore
Cet océan que le soleil colore,
   Puis il s'éloigne avec fureur.

Et l'on dirait que ces flots qui mugissent
Avec l'Anglais contre un homme s'unissent ;
Que l'Océan, d'accord avec Hudson,
Monte, en grondant, vers l'île sans rivage,
Pour célébrer, d'une voix plus sauvage,
   La fête de Napoléon.

Oh ! comme il souffre alors qu'il se rappelle

Paris , sa fête et sa garde fidelle !
Son cœur alors s'arme de fermeté :
Le héros parle , et l'homme en vain soupire.
Il était grand , sous le ciel de l'empire ,
 Il est grand dans l'adversité.

Gloire cruelle !... Ah ! toujours cette idée
Dont , malgré lui , son âme est possédée,
Vient assiéger ses immenses loisirs.
Il voit toujours ce spectre de puissance
Qui nuit et jour, pèse dans la balance ,
 Son exil et ses souvenirs.

Si devant lui le sort faisait paraître
Les généraux qui trahirent leur maître ,
Oseraient-ils encor l'envisager ?
Eux qui suivaient le char de sa fortune ,
Et qui , lassés d'une gloire importune ,
 Se sont vendus à l'étranger.

Honte au parjure ! Il verra luire encore
Du vieux drapeau la flamme tricolore :
La trahison ne s'efface jamais.
Gloire immortelle aux héros de notre âge
Qui de la Loire affrontaient le naufrage !
 Ils ont sauvé l'honneur français.

Dans les cités , sous le chaume rustique ,

Dignes soutiens d'une cause héroïque,
Vous portez tous la main sur votre cœur !
Vous détestez la cause des esclaves ?
Vous le jurez sur l'étoile des braves,
    Sur le buste de l'empereur.

Et dans cette île, où sa gloire soupire,
Votre serment lui tiendra lieu d'empire....
En ce moment, la voix de Montholon
Parvient à lui, comme un bienfait céleste.
Malgré l'Anglais, malgré le sort, il reste
    Des amis à Napoléon.

Pour consoler la gloire malheureuse,
Que l'amitié se montre ingénieuse !
Bertrand paraît : on apporte un tableau
Que l'on dévoile aux regards du grand homme.
« O ciel ! c'est lui... Mon fils !... Le roi de Rome » !
    Que cet enfant lui paraît beau !

Dignes amis, si chers à sa disgrâce,
Que de malheurs ce seul moment efface !
Il vous contemple et ne peut vous parler ;
Mais ce regard vous dit tout ce qu'il pense :
C'est le transport de la reconnaissance.
    Vous avez su le consoler.

Dans son œil fixe une larme s'arrête....

Ah ! ce moment vaut bien une conquête.
Jeunes beautés, couronnez-le de fleurs ;
Présentez-lui vos modestes offrandes.
Environnez son fils de vos guirlandes ;
   Elles n'ont point coûté de pleurs.

DIXIÈME TABLEAU.

L'AMOUR PATERNEL.

STANCES LIBRES.

Le voilà seul : il fixe le portrait
  D'un fils qu'il aime et qui s'ignore.
  Il y retrouve plus d'un trait
Qui lui retrace un objet qu'il adore.

« On m'a ravi mon épouse et mon fils !
  » L'Autriche insulte à ma tendresse... !
  » Ils sont entourés d'ennemis » !...
Que cette idée enferme de tristesse !

Il reconnaît le teint et les yeux bleus
  De la seconde impératrice.
Sur cet enfant, aux blonds cheveux,
Son œil encor s'arrête avec délice.

Oh ! qu'il voudrait, en ce moment cruel,
  Voir l'enfant qui ne peut l'entendre !...

Mais son exil est éternel.
Si les Germains consentaient à le rendre !...

Que deviendra cet enfant précieux ?...
   Avec transport son cœur l'appelle.
Des surveillans on peut tromper les yeux...
Il suffirait d'un serviteur fidelle.

Non , non , les rois se donnent tous la main ;
   Ils gardent le fils et la mère.
   Metternich règle leur destin.
Jamais François ne reverra son père.

Il dit, son front s'incline avec amour,
   Vers l'enfant que son œil caresse.
   « S'il savait qu'il me doit le jour !...
» Mes ennemis ont trompé sa tendresse » .

Il le contemple , et son cœur est brisé :
   Privé de ce fils qu'il adore ,
Dans ce portrait de ses pleurs arrosé ,
Il le retrouve et le demande encore.

ONZIÈME TABLEAU.

LA MALADIE DE NAPOLÉON.

Du climat cependant la rage meurtrière
   Atteint Napoléon ;
Et le jour n'est pas loin où ce triste hémisphère
Doit marquer le moment de sa destruction.

Une hydre dans son sein dresse déjà la tête ;
   Le monstre dévorant,
Avide du festin que sa fureur apprête,
De la vie en secret dérobe l'aliment.

Hudson d'un coup mortel a frappé la victime,
   Lord Bathurst est content.
Ils triomphent tous deux : c'est l'ivresse du crime...
Mais au jour du remords, la honte les attend.

Quand l'empereur se plaint de tant de barbarie,
   On l'ose l'outrager.
« Il peut se procurer les douceurs de la vie »,
Ses richesses, dit-on, peuvent le soulager.

Ses richesses ! cruels, osez-vous bien le dire ?
　　　　Il est riche en effet ;
Il emporte avec lui la gloire de l'empire....
Il fut trop grand pour vous, et voilà son forfait.

Mais, où donc est cet or que votre haine avare
　　　　Semble lui disputer ?
Accourez à Longwood ; venez, couple barbare,
Venez voir ces trésors qu'il se plaît à compter.

Seraient-ils enfouis dans la demeure humide
　　　　Où vous l'emprisonnez ?
Venez donc y plonger votre regard avide....
Frémissez du supplice où vous le condamnez.

Jamais son noble cœur n'a connu l'avarice....
　　　　Vous voulez l'avilir ;
Mais votre masque tombe, et l'on vous rend justice...
Tout l'univers est là, prêt à vous démentir.

Non, la cupidité n'a point flétri son âme ;
　　　　Il n'appartient qu'à vous
De signer des traités avec ce vice infâme....
Honneur au conquérant dont vous êtes jaloux !

Parcourez cette France où votre ignominie
　　　　Doit paraître au grand jour :
Voyez ces monumens où le sceau du génie
De la grandeur de Rome atteste le retour.

Arrêtez vos regards sur ces ponts magnifiques
      Dont s'indignent les flots.
Leurs arceaux s'élevaient par ses ordres magiques :
La nature, pour lui, sortait de son repos.

Sa main creuse ces ports où flottent mille voiles.
      Le Commerce enrichi
Se confie à la mer, sur la foi des étoiles,
De tributs onéreux pour jamais affranchi.

Au trident de Neptune il oppose la France.
      La Fortune, à sa voix,
Renverse aux pieds des arts sa corne d'abondance,
Et la nouvelle Rome est le forum des rois.

De ses lauriers brillans les Alpes couronnées
      Réveillent l'Apennin,
Et l'aigle, dans les cieux, dompte les Pyrénées....
Son nom, à chaque pas, vous arrête en chemin.

Ces prodiges nombreux, empreints de son génie,
      Ses conquêtes, ses lois,
Ce sont là les trésors qu'il dispute à l'envie ;
Il lègue un siècle illustre aux enfans des Gaulois.

Mais tandis que sa gloire, ainsi qu'un météore,
      Parcourt l'immensité,
Votre haine s'accroît et le poursuit encore.
Vous redoublez l'horreur de sa captivité.

Étendu sur ce lit où l'amitié le veille ,
Il supporte en héros
L'effort de la douleur, qui lui dit à l'oreille :
Pour toi , sur cette terre , il n'est plus de repos.

Prolongez les accès de ce brûlant délire
Qui consume son sang.
Ce spectacle vous charme , et je vous vois sourire....
Irritez le cancer qui dévore son flanc.

Il faut qu'il cède enfin : la torture est trop forte.
Il ne se connaît plus ,
Dans un monde nouveau la fièvre le transporte :
Il dicte à Masséna ses ordres absolus.

« Courez , prenez la charge , assurez la victoire.
» Courez , Desaix , Steingel » !
Il veut leur attacher les ailes de la gloire ,
Comme un aigle , avec eux , s'élancer dans le ciel.

Quel est cet étranger dont la main secourable ,
Du lit de l'empereur
Écarte , à chaque instant , le spectre qui l'accable ?
Ses gestes , ses regards expriment la douleur.

C'est un homme versé dans la vaste science
Qui lutte avec les maux.
Il vient braver les lois d'une injuste puissance ,
Arracher la victime aux mains de ses bourreaux.

Il oppose aux méchans la vertu qui l'éclaire :
Ainsi l'astre du jour
A travers les vapeurs d'une sombre atmosphère ,
Prolonge sur le globe un regard plein d'amour.

DOUZIÈME TABLEAU.

LA CONVALESCENCE.

STANCES VARIÉES.

L'Aurore monte au ciel avec un front serein ,
    Et l'Orient rougit, en la voyant si belle.
    De l'empereur le médecin fidelle
L'invite à parcourir les bosquets du jardin.

« Il me serait bien doux de revoir ma patrie !
» Parlez-moi de la Corse , elle est chère à mon cœur.
    » Combien je l'aurais embellie !
» Antommarchi , j'ai rêvé son bonheur ».

Sublime élan du cœur ! aliment du génie !
    Amour du sol qui nous donna la vie !
Etincelle de gloire et germe de vertus !
Malheur à l'homme ingrat que tu n'inspires plus !

Auprès de l'empereur, l'amitié vient sourire ;
    L'amitié vaut plus qu'un empire ;

Il en connaît le prix ; il en est digne enfin :
Trajan sut conquérir l'amour du genre humain.

L'amitié rend le calme à son âme brisée ;
Et dans ses yeux reluit un rayon de bonheur,
Semblable aux diamans que sème la rosée
    Sur le calice d'une fleur.

S'il pouvait ranimer ses forces languissantes !...
    Il veut surmonter la douleur.
Il parcourt son jardin : ses mains encor tremblantes,
Des râteaux endentés bravent la pesanteur.

Voilà le conquérant qui renversait les trônes :
Il pratique des champs les paisibles vertus,
Et je vois dans la main qui donnait des couronnes
    La bêche de Cincinnatus.

La douleur cependant revient par intervalle,
    Le détourner de ses travaux ;
    Sinistre avant-coureur des maux,
La fièvre le rejoint, d'une marche inégale.

    Et de son art épuisant les secrets,
Antommarchi, dans son cours, la traverse.
Du mal dévastateur il émousse les traits,
Et la douleur s'endort, comme un enfant qu'on berce.

Ainsi calmant la faim de l'horrible vautour,

4

Il abrège des maux les tortures cruelles ;
De la mort qui s'approche il retarde le jour ;
Mais le temps court sans cesse et la mort a des ailes.

Quel est donc cet enfant qui joue avec César ?
C'est le fils de Bertrand ; quel feu dans son regard !
Il sera digne un jour de son vertueux père :
       Il sera digne de sa mère.

Quel caractère !... Il entre, et sans ménagement,
Traite avec l'empereur, de couronne à couronne.
De sa précocité le monarque s'étonne,
Et s'amuse parfois de son emportement.

      De Montholon la fille adolescente
        Vient folâtrer avec son jeune ami.
L'empereur est heureux de leur joie innocente,
        Mais il n'existe qu'à demi.

Pour leur sourire encor, il se fait violence.
      Tel, à l'aspect du trépas qui s'avance,
      Entretenant l'erreur du passager,
Le pilote, en chantant, lui cache son danger.

TREIZIÈME TABLEAU.

LA RECHUTE. — LA MORT DE NAPOLÉON. — LA TEMPÊTE.

STANCES VARIÉES.

MAIS du mal qui s'accroît les symptômes renaissent.
Renfermé trop long-temps, il éclate au-dehors.
    Mille fantômes qui se dressent,
De l'art déconcerté repoussent les efforts.

Instruit par la douleur que son terme s'avance,
L'empereur se prépare au solennel adieu.
Qu'à ce monde trompeur il faut dire d'avance.
Le voile tombe.... Il voit le tribunal de Dieu.

O vous ! ses vrais amis, comme il le dit lui-même,
Venez tous, écoutez sa volonté suprême.
Aux rives de la Seine il demande un tombeau !...
La Seine de son fils balança le berceau.

« Que sur le sol français l'on transporte ma cendre !
» Toi que j'ai tant aimé, c'est toi, peuple français,

» Toi seul, peuple-héros, qui sauras me défendre
» contre les ennemis jaloux de nos succès.

» Et vous Antommarchi, dont l'amitié constante,
» Jusqu'au dernier moment, soulage mes douleurs,
» Accomplissez les vœux de ma voix expirante,
» Et reportez aux miens le tribut de mes pleurs.

» Si j'avais pu du moins, à mon heure dernière,
» Presser entre mes bras mon épouse et mon fils !...
» A mon chevet, du moins, si je voyais ma mère !...
» Je meurs sans l'embrasser...O France !...ô mon pays !

» Desaix ! Montebello ? Kléber ! vous dont l'histoire
    » A consacré les noms chéris !
  » Vous m'ouvrirez le temple de mémoire.
    » Je vous rejoins, braves amis !

   » Adieu, Bertrand, compagnon de ma gloire.
   » Dans le malheur, tu ne m'as point trahi.
   » Cher Montholon, dans mon exil aussi,
» Je t'ai vu partager le deuil de la victoire.

   » Adieu, vous tous qui m'avez consolé.
   » Soldats français ! à ma dernière aurore,
» Je lègue à votre honneur le drapeau tricolore.
    » Souvenez-vous de l'exilé ».

Sa voix alors, comme un oracle auguste,

Interprète du sort,
Et qui descend de l'empire du juste,
A confirmé son testament de mort.

De ses ordres sacrés, Marchand, dépositaire,
A juré de les accomplir ;
Et son cœur est le sanctuaire
Où de tous ses sermens vivra le souvenir.

L'empereur se soulève, et ses mains défaillantes
Semblent encore implorer ses amis ;
Mais il retombe, et ses lèvres mourantes
Murmurent le nom de son fils.

De ce fils qu'il adore il contemple l'image.
Dans ses yeux attendris, sur ce buste fixés,
Quelle douleur et quel touchant langage !
Ses regards en disent assez.

Il s'assoupit, son visage est tranquille.
Il est muet.... Il dort....
Ses yeux ne s'ouvrent plus : il demeure immobile.
C'est un profond sommeil qui ressemble à la mort.

Oh ! combien cette chambre inspire de tristesse !
Ce lit de mort, ce buste et ce cercle où le temps
D'un pas toujours égal, s'éloigne avec vîtesse,
Portent le trouble dans les sens.

Quel est cet étranger dont le regard avide
    Sur l'empereur se porte incessamment?
    C'est d'Hudson-Lowe un ministre homicide :
        Il vient épier le moment.

Que crains-tu?... Dans son cœur la vie est consumée.
    L'astre s'éteint : la gloire a perdu son flambeau.
L'heure sonne : entends-tu ces mots : TÊTE D'ARMÉE!...
        Fais creuser un tombeau.

Quels sifflemens aigus dans les airs se confondent !
Quel désordre soudain trouble les élémens !
    La mer mugit, et les cieux lui répondent.
Les rocs sont agités d'horribles tremblemens.

Le soleil s'est voilé de nuages funèbres ;
Une épaisse vapeur que déchire l'éclair,
    Entoure l'ange des ténèbres.
    Il a brisé la voûte de l'enfer.

Il semble que des cieux le réservoir immense
D'un déluge nouveau menace l'univers.
La foudre éclaire au loin, sur les bords de la France,
La colonne d'airain qui monte dans les airs.

Autour du monument descendent les Victoires
Déroulant aux regards les titres du héros ;
Un cri plaintif se mêle au fracas de leurs gloires,
Ce cri de Sainte-Hélène attriste les échos.

Et des gémissemens de toutes parts s'élèvent.
L'île entière s'agite , et les vents furieux
Précipitant des airs les arbres qu'ils enlèvent ,
Combattent l'Océan qui hurle dans les cieux (1) :

L'Auster, comme un tyran , dévaste les campagnes.
    L'île n'est plus qu'un immense cercueil
Où roulent les torrens qui tombent des montagnes.
    La nature est en deuil.

---

(1) Il s'éleva ce jour une tempête si furieuse qu'elle ne laissa pas dans l'île un seul arbre debout.

QUATORZIÈME TABLEAU.

LE LIT DE FER D'AUSTERLITZ. — LE FANTOME DE LA GLOIRE.

Ille jacet frigidus quem nuper marte tonantem
Senserunt pavidæ gentes ac territus orbis.

LUCAIN, *Pharsale*.

MAIS la nuit qui s'éloigne a dissipé l'orage.
Le jour semble à regret éclairer l'horizon ;
Et le soleil encor s'est voilé le visage....
    France ! pleure Napoléon.

Il est là , pâle et mort , sur ce lit funéraire.
La Gloire accoutumée à troubler son sommeil ,
Debout , les yeux fixés sur le héros du Caire ,
    Veut hâter l'instant du réveil.

« Arrête... laisse en paix les mânes du grand homme
» Sur ce manteau d'azur, d'étoiles parsemé ,
» Tu revois le vainqueur de l'Autriche et de Rome,
    » Mais immobile , inanimé.

» Arrête.... pour jamais il a quitté la terre.
» Pleure, tonne, gémis, il n'entend plus ta voix.
» Tes yeux ont reconnu son vêtement de guerre,
     Oui, c'est bien lui que tu revois.

» C'est lui, mais ce n'est plus qu'un objet insensible.
» Et le bruit de ton char ne peut le réveiller.
» Tu réclames en vain ton guerrier invincible ;
    » Il est contraint de sommeiller.

» Eh ! dis-moi, que viens-tu demander à son ombre ?
» Que peut-il faire encor pour la France et pour toi ?
» Ne te suffit-il pas de ces exploits sans nombre
    » Que tu sais aussi bien que moi ?

» Réclamer le héros qui t'érigeait des temples,
» C'est contester les droits de la Divinité.
» Que viens-tu faire ici ? Le mort que tu contemples,
    » Appartient à l'éternité.

» Que d'autres désormais encensent ton idole :
» Va, parcours l'univers, trouve d'autres guerriers
» Qui, relevant pour toi l'orgueil du Capitole,
    » De sang arrosent tes lauriers ».

Mais, que dis-je !... Ton front se couvre d'un nuage
Où se peint le transport d'une juste fureur :
« Est-ce à moi, me dis-tu, que l'on tient ce langage ?...
    » Je veille ici sur l'empereur.

» Crois-tu que désormais je trouve sur la terre
» Un autre conquérant qui puisse l'égaler ?
» J'ai vu sur ce rocher s'éteindre mon tonnerre,
        » Et tu voudrais me consoler !

» Fais renaître, dis-tu, la majesté de Rome ?
» Cherche un triomphateur?... Crois-tu donc qu'à ma voix
» La nature, sans peine, enfante un pareil homme?
        » Peut-être est-ce trop d'une fois.

» D'un vol rapide et sûr, j'ai fait le tour du globe.
» J'ai percé d'un regard ce climat désolé
» Où le soleil, six mois, à tes yeux se dérobe ;
        » Et le pôle s'est ébranlé.

» Et me précipitant de ces froides contrées
» Sur le sein du Midi, tout rayonnant de feux,
» Météore nouveau des plages éthérées,
        » J'ai traversé l'axe des cieux.

» Des siècles écoulés j'interrogeais la trace,
» Et je n'ai point trouvé l'égal de mon héros.
» Sais-tu bien que son nom est grand comme l'espace
        » Où roulent la terre et les flots ?

» Hélas ! de mes guerriers l'élite est dispersée,
» La Loire a vu pâlir l'éclat de mes couleurs ».
Elle dit, et du mort prenant la main glacée,
        S'incline, et l'arrose de pleurs.

Le spectre se relève et contemple en silence
Ce lit qu'il reconnaît, ces ornemens guerriers
Qui paraient l'empereur aux jours de sa puissance ;
    Il les couvre de ses lauriers.

Mais sa fureur trahit les secrets de son âme ;
Il a cru voir son aigle enchaîné dans les airs.
Il se dresse : ses yeux sont deux globes de flamme.
    Il marche environné d'éclairs.

Et sa voix retentit comme un coup de tonnerre.
« Mes armes et mon char ! Adieu, Napoléon,
» Adieu, je veux, moi seul, contre toute la terre
    » Protéger ta cendre et ton nom.

» Des cités, à ta voix, renversant les murailles,
» De ton auguste front j'écartais le trépas ;
» Et nous trouvions tous deux, au milieu des batailles,
    » Une victoire à chaque pas.

» Des rivages du Nil aux bords du Zuyderzée,
» Ta fortune des rois triomphait sans effort ;
» Mais la couronne enfin sur ton front s'est brisée.
    » L'exil a terminé ton sort.

» J'ai partagé tes maux sur la rive africaine ;
» Le ciel m'y condamnait ; mon sort est de souffrir.
» Combien de fois ma mort eût consolé la haine,
    » S'il m'était permis de mourir !

» Napoléon trahi, réduit à l'esclavage,
» Loin d'un fils adoré, seul fruit de son hymen,
» Me parut aussi grand sur ce rocher sauvage,
  » Que sur les bords du Niémen.

» Je veillerai debout sur ta tombe, et moi-même,
» A l'ombre du cyprès, sur ton marbre incliné,
» Je soutiendrai pour toi l'honneur du diadème....
  » Reprends ce que tu m'as donné.

» Et quand un peuple entier, des rives de la France,
» Réclamera ta cendre, avec des cris d'amour,
» Je viendrai t'avertir dans la nuit du silence.
  » Je te dirai : Voici le jour.

» Et des fiers aquilons enchaînant la furie,
» Je verrai l'Océan tomber à mes genoux.
» Je te rendrai moi-même à la France attendrie :
  » L'univers en sera jaloux.

» On a marqué ta place au pied de la colonne.
» Tes soldats éplorés, dans ces jours solennels,
» Viendront sur ton cercueil déposer la couronne
  » Que l'on accorde aux immortels.

» Tu surmontes des temps l'antiquité profonde.
» Ton nom, de siècle en siècle, élevé jusqu'aux cieux,
» Comme un nouveau soleil doit planer sur le monde.
  » Tu renaîtras pour nos neveux.

» Rois , de mes vétérans je soutiendrai la cause.
» Savez-vous qu'à ma voix ils sortent du tombeau ,
» Quand sur la terre humide où leur cendre repose ,
    » La France agite mon flambeau » !

Et le fantôme alors , d'un air triste et farouche ,
Fait resplendir l'acier d'un glaive menaçant.
Un cri de désespoir s'échappe de sa bouche ,
    Il grandit , en se redressant.

Vers la voûte des cieux levant son front terrible ,
Il touche de ses pieds les portes de l'enfer,
Et s'éclipse bientôt , comme un être invisible ,
    Dans le vaste empire de l'air.

QUINZIÈME TABLEAU.

LES FUNÉRAILLES.

Omnia sub leges mors vocat atra suas.

Ov.

Un jour pâle et douteux perce encor les ténèbres :
Du cortége lugubre il dirige les pas.
Le tambour est voilé : ses roulemens funèbres
    Annoncent le trépas.

Ils marchent : des soldats portent sur leurs épaules
Le héros entouré d'un quadruple cercueil ;
C'est là qu'est enfermé l'héritage des Gaules,
    Sous un voile de deuil.

On descend de Longwood : les roches menaçantes
Arrêtent le convoi dans leurs étroits sentiers ;
Et l'on voit se groupper des femmes gémissantes,
    Des armes, des guerriers.

Au détour des rochers d'où l'œil au loin découvre

Le plateau montueux que soutiennent leurs flancs .
On entend le bruit sourd de la plaine qui s'ouvre.
On arrive à pas lents.

Le fidelle Marchand , Montholon , son épouse ,
Bertrand et sa famille , et quelques vieux soldats
S'arment de leurs regrets contre la mort jalouse...
On ne la fléchit pas.

Ciel ! Que vois-je !... Écartez ce monstre sacrilége.
Hudson-Lowe ! Ose-t-il se mêler au convoi !
Eh quoi ! les morts pour lui n'ont point de privilége !
Fuis , lâche , éloigne-toi.

Mais il pâlit ; son crime occupe sa pensée ;
Le remords l'épouvante.... Il songe à l'avenir.
Sur son sein qui frémit , sa tête est renversée.
O tardif repentir !

Les soldats s'arrêtant aux portes de la tombe ,
Déposent leur fardeau sur le sol frémissant ;
Et l'on entend le bruit de ce cercueil qui tombe
Dans la nuit du néant.

Alors , des cris plaintifs , des sanglots et des larmes
Protègent l'exilé dans son dernier séjour.
« Héros , si redouté ! si puissant par tes armes !
» Adieu donc , sans retour » !

Il devait un tribut ; ce jour vient de l'absoudre....
Il n'espère plus rien des hommes ni du sort.
L'île au loin retentit des éclats de la foudre
    Qui signalent sa mort.

O terre de l'exil, du moins sois lui légère !...
Vous qui de ses malheurs supportez le fardeau,
O modèles parfaits d'une amitié sincère !
    Protégez son tombeau !

ODE A LA COLONNE.

TRANSLATION DES CENDRES DE NAPOLÉON.

COLONNE , emblème de la gloire
Qui fait revivre dans l'histoire
Le courage de nos héros ,
Autour de ta base immortelle ,
Je vois de la France nouvelle
A l'envi se presser les flots.

La Seine pleure sur ses rives.
Des cris d'amour, des voix plaintives
Accompagnent la Gloire en deuil.
Nous rapportons de Sainte-Hélène
La cendre du grand capitaine.
Le Louvre a tressailli d'orgueil.

Peuples , guerriers , savans , poètes ,
Soyez ici les interprètes
De l'univers qui l'a jugé.
Des beaux-arts il formait l'élite :
Est-il un genre de mérite
Que sa faveur ait négligé ?

5

Courbez ici vos fronts augustes,
Rois, envers lui montrez-vous justes.
Vivant, il savait commander,
Mort, il a droit à ces hommages
Que les héros de tous les âges
Obtiennent sans les demander.

Français, le cercueil du grand homme
Fait gémir la place Vendôme,
Et la colonne au front d'airain,
Paraît s'agiter sur la base
Où les rois que sa gloire écrase,
Encensent l'homme du destin.

Ouvre ton sein, noble édifice,
Et que ta voûte retentisse
D'un cri de deuil et de terreur.
Du grand homme reçois la cendre;
Dans la tombe elle va descendre,
Tu veilleras sur l'empereur.

Chaque combat, sur la colonne,
Aux yeux retrace une couronne
Qui, par degrés, élève au ciel
La gloire Napoléonienne;
Et notre gloire de la sienne
Emprunte un éclat immortel.

Et le soleil sur la statue

Que l'envie avait abattue,
S'inclinant avec majesté,
Au bronze que la gloire anime,
Semble arracher ce cri sublime :
« J'ai su vaincre l'adversité ».

Et tous les trônes de la terre,
Comme écrasés par le tonnerre,
Disparaissent à l'horizon.
Sous les rois un abîme s'ouvre,
Et l'on voit revenir au Louvre
Les soldats de Napoléon.

Sous l'étendard brillant d'Arcole,
La Gloire de son auréole
Couvre leurs fronts cicatrisés.
L'éclair brille, la foudre tonne
Et sème autour de la colonne
Les éclats des sceptres brisés.

Kléber et Desaix ressuscitent,
Et tous nos braves les invitent
Au banquet de la Liberté.
La France embouche la trompette,
Et le grand nom de Lafayette,
D'un pôle à l'autre est répété.

Ce nom qui traverse les ondes,
Agite l'axe des deux mondes,

Et la mer les sépare en vain.
Des deux Libertés qui grandissent,
En s'étendant, les bras s'unissent,
Elles se tiennent par la main.

Au cri de la terre étonnée,
La jeune France couronnée
Du laurier de nos vétérans,
Accourt aux pieds de la colonne.
La Marseillaise qu'elle entonne,
Redit en chœur : Mort aux tyrans !

La Colonne devient un temple
Où notre œil chaque jour contemple
Nos fastes d'immortalité ;
Et la statue encor s'élève,
Comme un grand destin qui s'achève
Dans le sein de l'éternité.

TABLE.